Corinna Ketterling

The Werewolf Diaries

Paranormal

Werewolf Romance

New Adult

Kap

Kayleigh – Blutmond

Erzählt von Alicia Schwarz

Copyright

Impressum

1. Auflage

Erstausgabe Mai 2022 Berlin

Herausgeber:

C6?! Books vertreten durch Ingo-Stefan Schilling

Autorin, Urheberin: Corinna Ketterling

Covergestaltung: C6?! Books

Herstellung und Verlag:

C6?! Books

Ingo-Stefan Schilling

Stuttgarter Platz 21, 10627 Berlin

Besuchen Sie ***C6?! Books*** sowie

die Autorin ***Corinna Ketterling*** auch im Netz

http://www.c6books.de

Paranormaler Sexroman

Dark Romance

Werwolf Roman

mit expliziten Sexszenen

NEW ADULT

Dieser Roman wird ab Mai 2022 kapitelweise veröffentlicht. Das ist das erste Kapitel, das ungefähr 18 Normseiten umfasst. Die Kapitel erscheinen alle zwei Wochen bei **Vollmond** aus **Kayleighs Sicht** und bei **Neumond** aus **Shays Sicht**. Voraussichtlich am Ende des Jahres 2022 wird das Buch als Sammelband erscheinen. Alles beginnt in einer magischen Nacht einer **totalen Mondfinsternis**, dem **Blutmond**...

Vorwort

♡ Heute möchten wir uns von Herzen bedanken: **Bei allen Leser*innen, die uns jeden Monat zu Vollmond und Neumond lesen!** Aber auch bei allen, die uns verraten haben, warum sie nicht mehr weiterlesen wollten! **Wir haben uns sehr über euer Feedback gefreut,** das vor allem von unserer italienischen Leserschaft kam!! Manche von euch waren leider enttäuscht, weil ihnen die Handlung zu verwirrend erschien. Daher hier nachträglich in Form dieses Vorwortes noch eine kleine Einführung! ♥

Kayleigh – Vollmond

Kayleigh ist ein 19-jähriges Mädchen aus einem Dorf in England – hätte sie noch eine Mutter, hätte diese ihr womöglich einen Rat gegeben, den viele Mütter ihren Töchtern geben: **„Bleib hübsch auf deinem Weg. Sprich nicht mit fremden Leuten und vor allem: Nimm dich in Acht vor dem Wolf!"** Dabei wissen wir alle, wofür **Wolf** heute steht: Es sind die Männer, die nur an ihr eigenes Vergnügen denken oder die Gutmütigkeit von Frauen ausnutzen, die noch an die wahre Liebe glauben und danach suchen! Und ja: **Kayleigh ist misstrauisch!** Als der attraktive Shay Greenwood, ein Fußballtrainer Mitte zwanzig in ihrem Dorf auftaucht, sind Kay und ihre Freundin Layla sich sicher: ***Diesem Typen kann man nicht trauen, denn er ist ein Frauenheld und nicht seriös!*** Womit die beiden Mädchen nicht gerechnet haben: *Shay ist ein **Werwolf,** der eine ganz besondere Wirkung auf Menschen hat!*
So kommt es, dass **Kayleigh sich Hals über Kopf in Shay verliebt, aber verbissen gegen ihre Gefühle ankämpft!!**

Shay – Neumond

Shay ist schon **seit langer Zeit ein Werwolf** – daher beginnt seine Geschichte auch vor der von Kayleigh. In erster Linie erklärt Shay seine Welt, **sein Werwolfuniversum** und seine Sicht auf sein Leben.

Dabei zeigt er sich nicht gerade von seiner sympathischsten Seite! Denn **Shay ist in der Tat ein Frauenheld:** Die Frauen lieben ihn und er nutzt das schamlos aus! **Er ist der klassische Typ, den man als Frau nicht treffen möchte!** Triebgesteuert, wie er ist, benutzt er Frauen nur zu seinem Vergnügen und ruft danach nie mehr an!!

Obwohl es auch für ihn schon eine Frau in seinem Leben gab, die er liebte und um die er nun trauert.

Doch erst als Shay Kayleigh endlich kennenlernt, wird sein Leben auf den Kopf gestellt – bald ist er sich sicher, dass Kayleigh die Gefährtin ist, die das Schicksal für ihn bestimmt hat! **In seiner Nähe drohen nun allerdings auch ihr die schlimmsten Gefahren** – außerdem musste Shay bisher noch nie die Ansprüche einer festen Freundin erfüllen oder seine Triebe unterdrücken…

Wie wird sich also unser Held bei seiner Transformation vom Wolf zum Traumprinzen schlagen…?

Zwei Perspektiven

Die beiden Erzählperspektiven fließen ungefähr in der Mitte des Romans langsam zusammen. Obwohl die Handlung perspektivisch getrennt bleibt, spielen dann nicht mehr nur die Gefühle und das Teenagerleben in Blackwood eine Rolle. Denn **bald wird klar, dass in dem kleinen Dorf große Gefahren für die Liebenden lauern,** die jeder von beiden aus einer anderen Sicht erlebt…

Leserversprechen

Was erwartet dich bei der Lektüre dieses Romans? Da dieser Roman kapitelweise veröffentlicht wird, wechselt die Perspektive nach jedem Kapitel zwischen der weiblichen Protagonistin und dem männlichen Protagonisten: beide Perspektiven sind als Ich-Erzählungen verfasst.

Dabei geben die Autorinnen mit diesem paranormalen New Adult Sex Roman drei Versprechen:

1. Paranormal: In dieser Geschichte wird ein eigenes **Werwolfuniversum** gesponnen mit neuen Regeln und Gesetzen; es soll sich dabei um ein übernatürliches Märchen für junge Erwachsene handeln – ein wenig **Teen Drama** gehört dazu, aber es gibt auch einen Anteil **Thriller**, wie es dem **Werwolf Genre** entspricht.

2. New Adult: Mit dem Genre *New Adult* ist die explizite Darstellung von Sex verbunden, daher wird es explizit und heiß und zwar in jedem Kapitel! Ein zentrales Element neben dem Sex ist bei diesem Genre auch das **Erwachsenwerden** sowie die **tiefen romantischen Gefühle und Ängste** bei der ersten Liebe! Vor allem, wenn man plötzlich ein Werwolf ist!!!

3. Sex Roman: Der **explizite Sex** steht bei dieser Geschichte zusammen mit dem Element des Paranormalen klar im Vordergrund! Aber ebenso alle Gefühle, Gedanken und auch Ängste, die mit Sex und Liebe verbunden sein können.

Widmung

Wer schon meine erotischen Kurzgeschichten gelesen hat,
kennt mich bereits und weiß,
dass ich Sex nie sonderlich blumig umschreibe.
Von allen, die mich noch nicht gelesen haben, möchte ich
*die romantischsten Leser*innen unter Ihnen warnen:*
Die hier beschriebenen Sexszenen könnten
als Porn Sex definiert werden.
Wer sich nur sanfte, sinnliche Andeutungen wünscht,
den könnte mein expliziter Erzählstil schockieren.
Daher widme ich diesen Werwolfroman allen Menschen,
die offen über Sex sprechen, die auch explizit darüber lesen
möchten und auf der Suche nach erotischer Unterhaltung
sind, jedoch auch eine fantasievolle Rahmenhandlung zu
schätzen wissen, denn diese macht meiner Meinung nach
den Unterschied zwischen Porn Sex und Erotik aus.

♡ *Und hier noch ein Hinweis für meine*
*ganz besonders zartbesaiteten Leser*innen:*
Diese Geschichte ist trotz einiger gewalttätiger Themen,
welche nun einmal dem Werwolf Genre entsprechen,
romantisch und ohne tief greifende Schockmomente.
Also könnten Sie das Lesen vielleicht auch wagen, wenn
Sie etwas sensibler sind, ohne Albträume zu riskieren.
Und nun viel Spaß mit dem sexy Werwolf Shay Greenwood und seiner hübschen Gefährtin Kayleigh! ♡

Alicia

Kapitel 1: Kayleigh – Blood Moon

Mein Blut hämmert in meinen Schläfen, mein Körper ist schweißnass. Alles, was ich spüre, ist *diese Hitze,* unerträglich intensiv. So laufe ich; *renne* atemlos über den weichen Waldboden. Unter meinen Pfoten fühle ich klamme Feuchtigkeit, ich *rieche* sie auch. Ein leichter Geruch von Moder, sogar etwas Schimmel, Blätter, halb verweste Nussschalen vom letzten Herbst – ich habe noch nie in meinem Leben so viel gerochen, *so intensiv,* dass ich davon Kopfschmerzen bekomme. Doch ich springe weiter durch den Wald, wie getrieben.

Denn ich wittere *noch etwas anderes*. Eine herbe, frische Note, die von etwas Lebendigem stammt, *etwas, das noch wärmer ist als ich.* Ich weiß nicht, *was* mich lockt, doch ich weiß, *ich muss es haben, suchen, erbeuten* – ich *will es unbedingt,* würde sterben, um es zu bekommen, auch wenn ich nicht weiß, warum.

Ich folge nur der Spur dieses betörenden Duftes – nie zuvor habe ich etwas derartig Köstliches gerochen: Mein Körper verzehrt sich danach, *ich will es! Sofort!* Ich kann nichts anderes denken; *wo ist es… wo ist es…* Ich atme tief ein, meine Lunge füllt sich mit dem unbekannten Aroma, das mich lockt… *Wo ist es…?* Wo ist *er?*

Ja, plötzlich glaube ich, es ist jemand wie ich – mein Gegenstück: *ein Wolf.*

Es ergibt keinen Sinn und ich denke auch nicht wie ein

Mensch – ich *spüre* Bilder, meine Gedanken sind *Gerüche*, meine Gefühle *Körperreaktionen.*

Mein Gehirn ist ausgeschaltet, doch ich fühle, denke und *verstehe* so viel mehr als sonst. Zum Beispiel, dass diese Spur, der ich folge, meine Bestimmung ist, mein Schicksal und *meine Zukunft.*

Dann sehe ich ihn. Da steht er. Auf einer Lichtung im weißen Licht des Mondes strahlen seine Augen hellblau wie der Vollmond selbst.

Sein Atem geht schnell, ich wittere seinen Schweiß, seine rosa Zunge ist ein Stückchen zu sehen und bewegt sich mit seiner Atmung. Er muss *auch* gerannt sein und doch ist er stehengeblieben, erwartet mich, *lockt mich.*

Sollte es nicht anders herum sein? Sollte er nicht mir folgen? Ich kann den Gedanken oder das Gefühl nicht vertiefen, denn er springt in den Wald, *und er ist schnell.*

Zwischen Sträuchern und Bäumen geht die Jagd nach ihm weiter. Noch denke ich, *es sei eine Jagd* – doch das ist es nicht, stattdessen zieht er mich zu sich… in seine Höhle. Und dort wird er mit mir tun, was ein Wolf mit seiner Wölfin tut… Ich weiß es, aber ich habe keine Wahl.

Ich muss bei ihm sein.

So kommt es, dass mein Herz schwer und dumpf in meinem Körper klopft, während ich über Wurzeln und Äste springe, bis ich endlich seine wedelnde Schwanzspitze in der Dunkelheit verschwinden sehe – *auch dahin* folge ich ihm. Dann steht er vor mir, mit dem Hinterteil zur Wand. Die Höhle ist klein, trocken, doch klamm.

Auf dem Boden liegt Moos, ein Nest, damit wir es gemütlich haben. Es sieht aus, als ob jemand diesen Pflanzenteppich hier hingelegt hat – *vielleicht er für mich.*

Hechelnd stehen wir voreinander. Wir sind zu schnell gelaufen, mit seiner raschen Atmung ziehen sich jetzt seine Lefzen nach oben, sodass es wirkt, als lächle er.

Seine Augen leuchten hier im Dunklen noch mehr als draußen im Mondlicht. Dann tritt er einen Schritt nach vorne und knurrt leise. Er stupst mit seiner Schnauze gegen mein Ohr und ich senke den Kopf.

Ja, ich will es. Seine Zunge leckt zärtlich über mein Ohr, dann über mein Fell. Ich bin atemlos – *ich will es schneller.*

Mir entfährt ein leises Winseln und er versteht sofort. Mit einem Sprung ist er hinter mir, drückt meine Vorderbeine nach unten, indem er über meinen Rücken kommt und mich umklammert hält. Sein Gewicht lastet drückend auf mir – ich habe nie etwas Wundervolleres gespürt. Sanft bohren sich seine Zähne in mein Nackenfell, was meiner Kehle ein Jaulen entlockt. Darauf hält er inne und leckt mein Ohr ab. Ich schließe genießerisch die Augen. Neben mir höre ich sein Hecheln, seine Zunge tropft, also verbiege ich meinen Kopf, um das kostbare Elixier aufzufangen. Als meine Zunge gierig zu ihm nach hinten leckt, spüre ich endlich, wie er in mich eindringt.

Er bewegt sich in mir schnell, mit harten Stößen, meine Rute hat er zur Seite gedrückt. Zwischendurch springt er von mir herunter und leckt mein Fell, alles, was er von mir erwischen kann. Dann umklammert er mich erneut und dringt wieder in mich ein. Auch diesmal sind es schnelle, kurze Stöße – *es ist genau das, was ich von ihm will: schnelle Bewegungen, endlich Erfüllung.* Noch ein paar Stöße, dann spüre ich seine Flüssigkeit in mich schießen. Er hat sich kaum aus meinem Körper zurückgezogen, da läuft er schon wieder aus der Höhle, doch am Eingang im Mondlicht wartet er mit leuchtenden Augen.

Also laufe ich ihm erneut nach.

Nein, ich hab noch nicht genug.

Wieder vermischen sich die Schatten unserer Körper mit den schwarzen Umrissen des Nachtwaldes, um durch das Unterholz zu springen, bis wir an den Waldrand gelangen. Ich laufe ihm ewig lange nach, unermüdlich durch die Nacht unter dem hellen Licht des Vollmondes, bis in eine Garage, deren Eingang einen Spalt offensteht.

Also huschen wir hinein und legen uns dort am Boden auf eine Matratze. Fell an Fell, Zunge an Zunge. Er leckt mein Ohr, während ich einschlafe – die Nacht hat mich erschöpft.

Mit den ersten Strahlen der Morgendämmerung erwache ich durch eine Hand, die mein Haar streichelt. Ich blinzle gegen die Sonne, die durch ein Fenster schräg in diesen fremden Ort scheint, sodass der Staub in der Luft tanzt. Ich sehe eine Werkbank, ein Motorrad, Werkzeuge, Behälter, alles Mögliche. *Mein Kopf tut mir schrecklich weh, mein Körper auch. Ich habe keine Ahnung, was passiert ist.*

Dann drehe ich den Kopf und sehe seine Augen: *Da weiß ich wieder alles.* Alles, was keinen Sinn ergibt. Nicht einmal seine Augen, die nicht mehr blau strahlen, sondern mich sanft mustern, *braun*, unsicher. Ich würde auch sagen, sein Blick ist ängstlich und… *liebevoll.*

Er wirkt verletzlich auf mich, offen – ich habe ihn nie zuvor so gesehen. Zwar behaupten alle, er sei *„so sympathisch"*, doch *auf mich* wirkte sein Blick immer schon kalt, verschleiert… gegen seinen Charme war ich absolut immun. *Zumindest redete ich mir das ein.*

Doch gegen *diesen Gesichtsausdruck*, diese *suchende Hoffnung… Nein, dagegen habe ich nichts zu setzen, kein Heilmittel, keine Gegenwehr.* Als ich mir erlaube, in seinen Augen zu versinken, dauert es nur Sekunden, bis er mich in seine Arme gezogen hat – *und was für Arme.*

Ich *kenne* das: *Sex – Küsse* – ist mir alles nicht neu.

Eine Eigenschaft von meiner Tante Anne, um die mich zumindest etwas außenstehendere Freunde in meinem Alter stets beneidet haben, ist ihre sexuelle Aufgeschlossenheit. Nur, wer Anne *besser kennt,* wie etwa Ed, weiß, *wie anstrengend* solch ein Verhalten bei einer erziehungsberechtigten Person sein kann: Sie hat mich schon Präservative über Bananen abrollen lassen, als ich acht war. Und Ed hörte als 16-Jähiger beim Frühstück auch nicht so gerne Sprüche wie: *„Nimm dir noch ein paar Rühreier, Edwin, das steigert die Potenz, dann hat Kay mehr davon – Durchhalten ist in eurem Alter ja immer ein Thema."*

Armer Edwin – ich sehe jetzt noch seine Ohren rot leuchten.

Also, Ja: *Ich bin aufgeklärt.* Ich dachte, ich wisse, worum es geht. Aber *das hier: Dieser Mann, dieses Gefühl – dieser Blick...* Das ist *mind-blowing*. Sein Körper, seine Muskeln, die sich unter meiner Berührung verhärten, sein Geruch, diese Wärme seiner Haut, sein leises Stöhnen...

Ich will für ihn sterben. Das... *nein. Darauf hat mich niemand vorbereitet.* Das fühlt sich an, wie ich mir eine Drogensucht vorstelle – *der totale Kontrollverlust.*

„Hey... Komm her..." Seine Stimme ist ein Flüstern, er unterbricht mein Zögern, meine Gedanken, meine Unsicherheit. Mit dieser schnellen Bewegung zieht er mich also an sich, drückt mich, *legt seine Hand an meine Kehle.*

Obwohl er mich nur festhält, ohne zuzudrücken, spüre ich, wie mein Körper erschlafft, *weich wird*. Ich liege reglos da, öffne mich willig für ihn: Meine Lippen trennen sich voneinander, um ihn zu locken, mein Körper kribbelt, mein Arm schiebt sich zur Seite, damit er meine Brüste anfassen kann – dazu drücke ich sogar den Rücken durch, strecke mich ihm entgegen. Erst jetzt realisiere ich, dass wir beide nackt sind. Gleichzeitig kommen mir all die Bilder von der Nacht zuvor wieder vor Augen.

Es fühlt sich entfernt an, als schaue ich einen Film,

doch als seine Zunge zwischen meine Lippen dringt, so gierig und drängend, da fühle ich wie ein Schlag, *dass er ein Tier ist und ich auch.* Unsere Verschmelzung ist nicht menschlich; unsere Körper bewegen sich instinktiv, ungeplant und vor allem *ohne jegliche Kontrolle.*

Eine Atempause: Ich liege jetzt auf der Seite, immer noch reglos. Er hält meine Kehle umfasst. *Immer noch,* jedoch sanft, ohne zu drücken. Als seine Lippen sich von meinen lösen, bleibt mein Mund für ihn leicht geöffnet, auch, weil mein Stöhnen einen Ausgang braucht, wenn er meine Brust mit seiner großen Hand umschließt. Sein Körper gleitet ein Stück herab, dann drängt er mich auf den Rücken und ich spüre seine Lippen auf meiner Brust. Seine Hand drückt meine Brustwarze hoch, direkt in seinen Mund hinein. Dabei umschließen seine Lippen fest meinen Nippel, ich spüre ihr Saugen, dann seine heiße, nasse Zunge, die meine Brustwarze gegen seine Zähne drückt. Mir entfährt ein leiser Aufschrei, worauf er nur *fester saugt,* gleichzeitig, umfasst seine andere Hand meine zweite Brust und seine Finger zwirbeln meine Brustwarze. Erst als ich jammernd stöhne, hält der kurz inne.

Er schaut auf.

„Zu doll?“ Seine Stimme klingt dabei zerstreut, vielleicht, weil er so erregt ist – er hört sich an, als wolle er *höflich* sein und *als ob die Antwort ihn nicht sonderlich interessiere.* Das denke ich *zuerst,* doch als meine Augen wieder in seinen versinken, verstehe ich, dass er mir schlicht keine Angst machen will: Er fragt nur, *um mir Sicherheit zu geben,* doch er weiß *genau,* dass es *nicht zu doll ist.*

„Nein“, stöhne ich.

„Nein?“ Seine Stimme ist kaum hörbar. „Du verträgst das? Es ist…*gut?“*

„Ja!“ Nun schreie ich die Antwort fast, weil er noch

stärker saugt. Das Gefühl ist unbeschreiblich: ein säuerlich brennender Schmerz, der mich so erregt, dass ich ihn den ganzen Tag lang spüren möchte – *es müssen seine Zähne sein.* Mittlerweile hat er mich zurück auf die Seite gerollt, seine Hände drücken meine Brüste nach oben und sein Mund wechselt fest saugend von einer zur anderen Seite, bis ich beginne zu hecheln, wie gestern im Wald.

Ich will schreien, *er solle mich nehmen, endlich in mich eindringen,* doch noch bin ich dazu zu gehemmt. Ich wage es nicht. Ich kann nicht sagen, warum.

Im nächsten Moment liegt er über mir. Seine Unterarme stützen ihn leicht ab, doch sein muskulöser Körper drückt sich *auf mich,* er lässt mich seine Kraft spüren, auch sein steifes Glied, das sich begehrlich gegen meinen Körper drängt. Während er mir in die Augen sieht, beginnt er, sich auf mir hoch und wieder herunter zu schieben.

Okay: Ich verstehe, *ich brauche mich nicht zu schämen, ihn um seinen Schwanz anzubetteln, denn er wird bestimmt nicht Nein sagen.* Andererseits ist er nun *kein Wolf* mehr – er ist *ein Mann* und ich muss ihm deutlich sagen, dass ich einverstanden bin, denn *vielleicht, will er mich nicht bedrängen… Nicht mehr, als sein steifes Glied gegen mich zu drücken, während ich unter ihm mit offenem Mund stöhne.*

Mein Unterkörper zieht und brennt, ich habe sogar das Gefühl, aus mir läuft Flüssigkeit, weil ich so bereit bin, ihn in mich reinzulassen. *Ich will sein Glied in mir aufnehmen, tief, bis zum Anschlag, ich will ihn spüren,* verschmelzen. *Aber wie ein Mensch:* tief, langsam, *ausdauernd.*

Nicht wie in der Höhle oder *wie damals mit Edwin.* Ich hatte Eds *schnellen Sex* wohl meiner Tante gegenüber erwähnt und gefragt, *ob es normal sei, dass diese ganze Sache nur drei Minuten andauere.* Annes Antwort war übrigens *Nein.*

Seine Hand streicht über meine Stirn, umfasst sanft

mein Haar und zieht in einer ruhigen, stetigen Geste meinen Kopf in den Nacken, bis sich mein Mund von selbst öffnet. Dann kommt er höher, sein Gesicht über meinem, mein Mund ist noch offen, dabei sieht er mich an.

Und während er das tut, öffne ich meinen Mund noch weiter, in gieriger Erwartung. Was immer er mir geben will, *geben wird – ich will es.*

Mit einem sehr leisen Stöhnen beugt er seinen Kopf zu mir herab, um meine Oberlippe abzulecken. Unendlich langsam fährt seine Zunge an meiner Lippe entlang, ohne etwas von der darumliegenden Haut zu berühren. Doch er holt sich mit seiner Zunge neuen Speichel aus seinem Mund, um meine Lippe mit diesem Film zu benetzen, sodass sein Atem danach die Hitze meines Mundes abkühlt. Während er seinen Speichel auf meinen geöffneten Lippen verteilt, beobachtet er mein Gesicht, bis ich die Augen schließe, *weil ich seine Schönheit nicht mehr ertrage.* Seine Züge, die Lust darauf, diese Hingabe in seinen Augen – *es ist mehr, als ich aushalten kann. Ich will eins mit ihm werden.*

„Zeig mir deine Zunge, Kayleigh", höre ich ihn flüstern. Und ich gehorche sofort. Die Oberfläche meiner zitternden Zunge kühlt sich ab, während er mir sanft in den Mund pustet. Es wird erst wieder warm, als ich seinen Speichel auf meine Zunge tropfen fühle.

„*Schluck es runter,* wie das erste Mal…" Seine Stimme, dieses verschwörerische Raunen, verhallt in meinem Kopf in dem Moment, *als ich schlucke und gleichzeitig endlich verstehe, wie er mich am Vorabend verwandelt hat.*

Da umfasst er fest mein Gesicht und küsst meine Stirn. Dann biegt er meinen Kopf hoch und schiebt seine Zunge mit einem leisen, sehnsüchtigen Stöhnen wieder tief in meinen Mund. *Das ist der Moment, wo mich nichts mehr hält.* Ich schließe meine Beine eng um seinen Po und umklammere seinen muskulösen Rücken fest mit meinen Armen. Meine Hände ertasten seine starke Rückenmuskulatur, die ausgeprägten Muskelstränge, die sich unter seiner Haut bewegen, wenn er mich streichelt.

Gott – ich habe nie zuvor etwas so Erregendes gefühlt, solch einen göttlichen Körper angefasst; ich kann nicht aufhören zu denken, *dass ich so ein verdammtes Glück habe – ich bin erwählt, gesegnet...*

Doch anstatt *endlich in mich einzudringen,* drückt er seine Arme durch und damit seinen Oberkörper hoch.

Er schaut mich an: voll ehrfürchtiger Erwartung.

„Sag mir, was du willst, Kayleigh..." Seine Stimme klingt so sanft.

„Ich will mit dir schlafen!" Meine Antwort erfolgt ohne Zögern. Seufzend kommt er über mich, küsst mich wieder und tastet fahrig mit einer Hand neben der Matratze herum, wo offenbar ein Präservativ liegen müsste.

Das ist ein extrem unromantischer Moment. Er zeigt mir aber auch, dass dieser Mann verantwortungsvoll ist.

Andererseits fallen mir sofort die Geschichten über ihn ein: Die von Layla und den anderen Mädchen, mit denen dieser Typ geschlafen hat, seit er hier aufgetaucht ist.

Ich will nicht eine von vielen sein – schießt es mir durch den Kopf. *Obwohl es eigentlich auch seit gestern keine Rolle mehr spielt,* weil er schon *in mir* war – das kann ich nicht rückgängig machen. Inzwischen ist er *bereit,* hält sein voll erigiertes Glied in der Hand und drückt meine Beine auseinander, um in mich einzudringen. Doch ich presse meine Hand gegen seine harte Brustmuskulatur.

„Nein... Ich... hab meine Meinung geändert."

Es klingt erbärmlich, *irgendwie doof* und *nicht cool,* aber es ist mir egal. *Ich will nach Hause.*

Seine Hand streicht sanft über meine Wange.

„Okay..." , flüstert er nur.

Dann küsst er mich auf die Stirn. Kurz schaut er mir in die Augen, bevor seine Lippen an meinem Hals herabgleiten. Dabei setzt er sich halb auf, kniet vor mir, während er meinen Bauch küsst, bis seine Zunge tiefer gleitet. Bald kauert er vor mir auf der Matratze. Seine Hände liegen auf den Innenseiten meiner Oberschenkel – so drückt er meine Beine auseinander. *Dann spüre ich seine Zunge auf meinem Kitzler.* Er leckt sanft daran, langsam und ohne Druck, bis meine Atmung sich beschleunigt. Da saugt er sanft, ich spüre seinen Speichel, dann seine Lippen, die an meinen Schamlippen saugen, bis er ganz sachte daran knabbert und ein wenig daran zieht und zupft. Dieser Druck, diese Art, mich für ihn zu öffnen, *vorzubereiten*, ist unerträglich erregend, absolut unbeschreiblich.

Mein Gott – das hat nie ein Junge bei mir gemacht.

Doch das war erst der Anfang. Shay weiß *absolut*, was er tut. Seine Finger massieren zusammen mit seiner Zunge mein rohes Fleisch, dafür spreizen seine Daumen meinen Eingang auf – so liege ich vor ihm, *offen*, stöhnend, bis sich der erste Finger in mich schiebt. Mein Herz stolpert, mein Atem setzt aus, als er sich in mich drückt… *tiefer.* Meine Hand fährt zu seinem dunklen Haar und ich streichle seinen Kopf. Voller Dankbarkeit, dass er das für mich tut, *mir dieses Gefühl gibt.* Mein Becken drängt sich gegen seine Lippen, *bedürftig*, ich spreize meine Beine, so gut ich kann. *Ich liebe, was er tut – ich habe nie etwas Schöneres erlebt, es macht mich verrückt.* So sehr, dass ich sehnsuchtsvoll wimmere und seinen Namen flüstere.

Seine Antwort ist neben einem tiefen Stöhnen ein weiterer Finger, eine schnellere Bewegung, die nach Kurzem die ersten Kontraktionen im Inneren meines Körpers hervorruft, sodass sich meine Innenwände begehrlich um ihn krampfen.

Kurz darauf erlebe ich zum ersten Mal das Gefühl, wie

ein Mann seine heiße, harte Zunge in mich schiebt. Da stütze ich mich rücklings auf die Unterarme, um seinen Kopf zu sehen, der sich bewegt, seine gierigen Lippen, die von mir trinken, dabei dieses tiefe, animalische Stöhnen.

„Shay, ich will… Ich will… *Ich will dich!"*

Der erste Orgasmus fegt meine Stimme davon und wandelt sie in ein brüchiges Stöhnen. Ich lasse mich nach hinten fallen, um weiter zu wimmern, dass ich ihn in mir spüren will, dass ich nicht warten kann, *ihn brauche,* dabei hebe ich begehrlich meinen Po an, doch er macht einfach weiter, nimmt nur einen weiteren Finger dazu und saugt an mir, bis ich erneut zuckend zum Orgasmus komme.

„Shay!", rufe ich da wieder.

Mein Körper erschlafft, *doch ich bin noch hungrig.*

„Bitte!", bettle ich also weiter.

Endlich kommt er hoch zu mir und leckt gierig an meinem Ohr, in das er dann flüstert: „Sag es wie eine Wölfin – *bitte mich darum!"*

Wölfin. Es ist das erste Mal, dass er *dieses Wort* benutzt.. *Ich bin also nicht verrückt, habe das nicht geträumt.*

Er weiß *genau,* worum es geht. *Er könnte mir meine Fragen beantworten,* doch dafür habe ich jetzt keinen Sinn, weil er mich zu einem Tier gemacht hat, dass nur Instinkte kennt, *sich nur drängend vereinigen will:* mit ihm, seinem Körper, *mit meinem Wolf.*

Ob er ein guter Junge ist, ein anständiger Kerl, ein verständnisvoller Partner – das, was ich mir von einem Mann *wünsche,* ob er *meine Ansprüche* erfüllt – all das ist mir einerlei, ich will sein steifes Glied in mir, mehr nicht, *aber auch nicht weniger.*

„Bitte fick mich!" Meine Stimme ist nicht wiederzuerkennen. Sie bebt vor Verzweiflung und *Ja*: Ich hab verstanden, wie eine Wölfin sich ausdrückt: *hemmungslos.*

„Fick mich!", wiederhole ich außer Atem, dabei

schlägt mein Stöhnen in ein Winseln um.

Die Art, wie er plötzlich über mich kommt, erschreckt mich, weil es *so schnell geht* und auch, weil etwas Dunkles von ihm ausgeht, *etwas, das ich vorher nicht gespürt habe.* Seine Augen scheinen wieder bläulich zu glänzen.

Dann drückt er seine Wange an meine, als er kaum hörbar flüstert: „Du bist *ein ganz braves Mädchen* Kayleigh… du weißt, wie man einen Mann glücklich macht… und jetzt halt still, *denn ich ficke dich wirklich.*"

Mit einem einzigen Stoße versenkt er sich in mir, ich spüre ihn bis in die Eingeweide, sodass mir kurz übel wird und sich mein Magen zusammenkrampft. Ich schnappe nach Luft.

„Zu viel?"

Seine Stimme klingt ruhig, aber nicht besorgt.

Ich kann nicht sprechen, sondern wimmere nur vor Lustschmerz und auch, weil mich der nächste Orgasmus schüttelt. Ich beiße in seine Schulter, worauf er tief durch die Nase einatmet, reglos bleibt und die Augen zukneift.

„Hör zu, Kleine. *Du musst dich beruhigen.*"

Ich krampfe mich noch um ihn, ziehe ihn in mich hinein, gleichzeitig beiße ich in seinen Oberarm, dort, wo seine Tattoos seine Haut bedecken. Seine Muskeln sind so hart, dass ich kaum meine Zähne in sein Fleisch vergraben kann, *doch ich würde es gerne,* schlicht aus Gier.

Während ich versuche, ihn zu beißen, spannt er seine Muskeln fester an, dann greift seine Hand wieder meine Kehle, *diesmal härter.*

„Ja", sagt er – *wie die Antwort auf eine unausgesprochene Frage.* Dann beginnt er, sich in mir zu bewegen.

So richtig. Eine Hand drückt meinen Hals nach unten, die andere hält mein Bein in Höhe der Kniekehle fest, um mich zu öffnen, *damit er noch tiefer in mich hineinstoßen kann,* härter, *gnadenloser,* bis ich mich erneut um sein geschwollenes Glied krampfe. Mein Körper verschmilzt mit seinem in rauen Wellen, bis ich vor meinen Augen das Licht des Vollmondes sehe, dann Sterne und bunte Farben, die explodieren. Sein Körper bewegt sich weiter auf meinem, indem er sich in mich rammt, mit schroffen Stößen seines Beckens. Solange, bis seine Haut nass ist und der erste Schweißtropfen auf mich fällt. Es fühlt sich an wie ein brennendes Elixier der Liebe, das mich durchdringt und sich durch meine Haut direkt in mein Herz brennt. Das ist der Moment, in dem ich ihm sage, *dass ich ihn liebe.*

In der Ecke an der Wand hängt eine Uhr mit einem antiken, römischen Zifferblatt. Da sie recht staubig und alt wirkt, dachte ich, sie stünde still, als sie mir beim Erwachen auffiel. Doch nun zeigt sie drei Uhr nachmittags.

Stunden sind vergangen. Stunden unserer schweißgetriebenen, bebenden Vereinigung. Ich habe ihm unendlich oft gesagt, *dass ich ihn liebe,* und er hat mich jedes Mal geküsst, aber kein einziges Mal geantwortet, bis er sich in mir aufgebäumt hat, laut gestöhnt hat und in mir gekommen ist. Dann hat er das Kondom abgezogen, es zugeknotet und neben sich geworfen, dabei hat er gemurmelt:

„Ich werf das später weg", und während meine Hand sein kurzes Haar streichelt, frage ich mich, ob er das in meinem Zimmer zu Hause genauso gehandhabt hätte und ich muss grinsen, als ich denke: ziemlich sicher *Ja.*

Mein Körper surrt vor Wonne.

Das ist Befriedigung, *das ist Glück.*

Doch ich bin nicht mehr das Mädchen, das ich gestern

war. *Nun bin ich ein Tier. Ein Tier in der Hitze.*

Also küsse ich seinen schweißnassen Körper, die harten Muskelberge auf seinem Bauch. Meine Zunge genießt den salzigen Geschmack seiner bronzefarbenen Haut über seiner Lendenmuskulatur, dieser V-Form, die mich zu seinem Glied führt, indem ihre Kante mir den Weg weist. Dort angekommen, nehme ich sein wundervolles Glied, das noch ein wenig steif ist, ruhig zwischen die Lippen, um daran zu lutschen. *Ich will den Rest von ihm,* seinen Geschmack, *wenn er seinen Samen schon nicht in meinem Körper abgesetzt hat, wie ich es ersehnt habe.*

Warum? Weil ich süchtig nach ihm bin… nach seinen Körperflüssigkeiten.

„Hey… Hübsche. Mein Kühlschrank ist leer, sorry. Lass mich kurz aufstehen und was besorgen. Ich bin in zwanzig Minuten zurück, ist das okay?" Abwesend streichelt er mein Haar, während er spricht.

Kurz darauf bekomme ich einen Kuss auf meine Lippen, dann einen auf die Stirn.

„Du bist unglaublich, Queen."

Mit diesen Worten steht er auf.

Träge beobachte ich, wie er sich anzieht und frage mich dabei kurz, *warum er seine Jeans ohne Slip überstreift und keine Socken trägt.* Es mag daran liegen, dass dieser Kerl im Grunde *ein Tier* ist.

Er ist so nett, das Motorrad nicht schon in der Garage anzulassen, sondern schiebt es raus, dabei blendet mich die Sonne, durch das offene Garagentor, so eine Klappe, die sich horizontal öffnet, mit einer alten Mechanik, nicht elektrisch. Ich höre das Motorrad davonfahren und bleibe allein zurück. Ein leichter Luftzug weht einige verwelkte Blätter herein. Es ist Sommer, doch es hat seit Wochen nicht geregnet, sodass die Bäume schon aufzugeben scheinen und ihre Blätter vorzeitig loszulassen. Mit dem kommenden Sommerwind verblasst Shays Geruch und die Sonne lässt alles um mich herum noch staubiger und schmutziger aussehen.

Es dauert ungefähr zehn Minuten, bis mein Gehirn anspringt und ich wieder *halbwegs* ein Mensch bin. Während dieses Prozesses ruhen meine Augen auf dem geschwungenen Zeiger, der sich unendlich langsam über das schmutzige Zifferblatt der Wanduhr bewegt, bis mein Gehirn mir das erste Signal sendet: *W!! T!!! F!!!!!!*

Was zum Teufel *war das?*

Ich springe vom Lager auf. *Nicht nur* hat dieser Typ, *der mir unsympathisch ist…* ach was, *den ich verabscheue wie Lepra,* mir etwas *Unaussprechliches angetan,* und das offensichtlich *völlig bewusst* und *absichtlich!*

Nicht nur das – er nennt mich auch noch *Queen, schon wieder!* Was für eine peinliche, blöde Anrede – *vor allem* nach *Garagensex auf dem Fußboden – so behandelt dieser Vollidiot also eine Königin, oder wie? Sex in Waldhöhlen??*

Wie auch immer diese Wolfsache vonstattenging – *er war es,* er *wusste, was er da macht.* Er hat es im Klub getan – jetzt erinnere ich mich an alles. Sein Gesicht dabei… *Ja, es war eindeutig Absicht.* Schließlich hat er dann auch noch auf mich im Wald gewartet, *mich angelockt, und das alles… ausgenutzt.* Auch wenn es für mich ein Mysterium ist, keinen Sinn ergibt, was mir geschah, warum ich plötzlich *ein Hund* war, *ein Wolf* oder *was auch immer – fest steht: Es ist seine Schuld!* Er hat einen Trieb in mir freigesetzt, mich verwandelt, *verzaubert, weiß der Geier, was er genau gemacht hat* – dagegen war ich *machtlos.*

Doch das, was ich seit dem Morgen mit ihm getan habe, *das ist mein Fehler gewesen!* Das habe *ich* verbockt! Ich *allein! Warum um alles in der Welt hatte ich mit diesem Mann Sex??? Ich hasse ihn!! Warum nur!!!???*

Hektisch sehe ich mich um – *verdammt, ich bin nackt*

hierhergekommen! Hinter ihm hergerannt!

Schnell schnappe ich mir eine Trainingshose, die auf dem Boden liegt und stopfe ein paar Socken, die ich in einer Ecke erspähe, in seine Turnschuhe. Dann nehme ich noch ein Shirt und ziehe es über. Für einen Moment, als ich den Geruch, der im Gewebe hängt, einatme, schließe ich die Augen. Dabei kriecht eine Gänsehaut über meinen Rücken. Bilder fallen gewalttätig wie Faustschläge in meine Magengrube in meinen Kopf ein, dazu die Gefühle, welche diese Bilder begleiten. *Sein Schwanz, seine Stöße…*

Ich schüttle mich.

Noch fünf Minuten, verdammt, ich muss hier weg!

Draußen vor der Garagentür steht sein Jeep, doch ich habe keine Ahnung, wo der Schlüssel ist und keine Zeit, ihn zu suchen. Also nehme ich ein Fahrrad, das an der Wand lehnt. Es ist alt, doch hat genug Luft auf den Reifen.

Daneben steht ein teures Rennrad. *Das alte hier* nimmt er bestimmt für den Wald oder wenn er Angst hat, dass man ihm das andere klaut, in der Stadt oder so. Wahrscheinlich kann er dieses klapprige Rad entbehren – *ich werde es ihm irgendwann wiedergeben… beziehungsweise, ihm sagen, wo ich es abgestellt habe. Denn ganz sicher komme ich freiwillig nie mehr in diese abgefuckte, dreckige Garage.*

Jetzt muss ich mich beeilen, ehe der Typ zurückkommt. Tatsächlich fahre ich nach Sonnenstand und Himmelsrichtung, weil ich mich nicht genau an den Weg erinnere. Shay wohnt am Waldrand, doch ich komme schnell auf eine der Hauptstraßen, wo Schilder stehen.

Wie weit zum Kuckuck bin ich denn nachts mit ihm gerannt? Wie irre ist diese ganze Geschichte überhaupt?

Aber es gibt einen guten Aspekt: *Ich könnte jederzeit aufwachen und feststellen, dass das alles nur ein abgefahrener, abgefuckter Alptraum war.* Womöglich von dem Moment an, in dem ich *Shay Greenwood* zum ersten Mal sah…

Bis zum Neumond…

Falls Ihnen dieses Kapitel gefallen hat, freuen wir uns sehr über eine positive Bewertung auf Amazon.

Generell sind Leserfeedback, persönliche Eindrücke, Kritik oder auch Wünsche für uns als Autorinnnen besonders wertvoll und daher sind wir dafür sehr dankbar.

Da diese Geschichte noch nicht zu Ende geschrieben ist, können Leserwünsche auch in Echtzeit berücksichtigt werden. Rezensionen können wir auf Amazon zwar nicht beantworten, wir lesen sie aber aufmerksam und verwerten sie in unserer Arbeit.

Vielen Dank für das Lesen unserer Bücher und hoffentlich bis bald bei der nächsten Geschichte oder beim nächsten Kapitel dieses Romans.

Corinna
& Alicia

Das nächste Kapitel erscheint am nächsten Neumond:

dem 30. Mai 2022!

Es erzählt die Geschichte weiter aus der Sicht von Shay…

Lust auf mehr?

♡ Liebe in turbulenten Zeiten und gegen alle Regeln… ♡

Eine dunkle, historische Wikinger Sexromanze

Diese historische Sexnovelle spielt in der Bretagne im Jahre 953 nach Christus. Es ist eine Zeit großer Umbrüche, in der Invasoren aus dem Norden Land besetzen und Forderungen stellen. So auch Erik und sein Bruder Tjure, die mit ihren Drachenschiffen an der *Côtes-d'Armor* anlegen. Doch die beiden Kriegsherren sind zwei Männer, wie sie unterschiedlicher nicht sein könnten: Erik auf der Suche nach einer besseren Zukunft und fruchtbarem Land für sein Gefolge und Tjure mit dem Ziel, schnell reich und mächtig zu werden. Als die Wikinger die Tochter aus einem nahegelegenen Herzogtum als Blutpfand mitnehmen, um sich Sicherheit für ihre Leute zu erpressen, weiß Erik, dass die Zukunft seiner Gefolgschaft von der Unversehrtheit des Mädchens abhängt, falls sie tatsächlich vor Ort ansässig werden wollen. Sein Bruder hingegen sieht die Tochter des Herrschers nur als Sklavin und hat von Anfang an nicht vor, sie als Gast zu behandeln. Die Prophezeiung einer Druidin der Sippe bestätigt bald das Offensichtliche: Erik muss sich entscheiden, ob er seinem Herzen folgt und das Mädchen beschützt oder sich gegen seinen Bruder und dessen Krieger wendet…

Printed in Poland
by Amazon Fulfillment
Poland Sp. z o.o., Wrocław

11337862R00018